I0683517

LA
LIBERTÉ
DES
MERS,

POEME

*Qui a remporté le Prix de l'Académie de
Marseille, en 1781.*

Par M. Cœuilhe.

Sic cunctus Pelagi cecidit fragor.

V I R G.

A PARIS,

Chez P. Fr. GUEFFIER, Imprimeur - Libraire,
rue de la Harpe, à la Liberté.

M. DCC. LXXXII.

LA LIBERTÉ
DES MERS,
POEME.

Liberté, liberté, fur l'Empire des Mers,
Tel eft le vœu, tel eft le droit de l'Univers.
De l'Aurore au Couchant on entend ces paroles ;
Elles ont retenti de l'Équateur aux Poles.
Nous guidant par leur cours, les Aftres radieux
Les ont, en traits de flamme, écrites dans les Cieux ;
Et le front de ces Caps, prolongés fur les ondes,
Semblent les retracer aux nochers des deux Mondes.

Un Peuple cependant méconnoît cette loi.
Un Peuple feul a dit : Non, la Mer eft à moi.
Là, je fuis Souverain, & mérite de l'être.
Où je cours en vainqueur, je dois régner en maître.

Je récufe une loi qui n'eut, dans tous les tems,
Pout bafe que les flots, pour appui que les vents.
Que fert de recourir à de meilleurs arbitres ?
Mon audace eft mon droit ; mes Flottes font mes titres.
Allez, fiers Léopards, les chemins font ouverts,
De vos rugiffemens emplir toutes les Mers.
Pourfuivez, détruifez les Puiffances rivales
Qui tenteroient encor d'y marcher vos égales ;
Ou que vous défarmant par un jufte refpeét ,
Leur humble Pavillon s'incline à votre afpeét.

A I N S I , dans leur orgueil, parlent ces Infulaires,
Navigateurs altiers, autant que téméraires,
Du repos des Humains vaftes perturbateurs,
Libres dans leurs foyers, Tyrans par-tout ailleurs.

Quoi donc ! En nous ouvrant fes innombrables routes,
La Mer aux feuls Bretons les a réfervé toutes ?
De quel front ofent-ils s'arroger fur les eaux
Le droit d'y commander , fans trouble & fans rivaux ?
La Mer leur appartient ! Quel étrange langage !
Et de qui tiennent-ils un fi noble héritage ?
Seroit-ce , pour eux feuls , que l'Etre Souverain
La forma , l'étendit , l'applanit de fa main ?

Les vents n'y soufflent-ils que pour enfler leurs voiles ?
Eſt-ce donc, pour eux ſeuls, que brillent les Etoiles ?
Pour eux, que l'Océan, balancé chaque jour,
Se roule vers ſes bords, & les fuit tour-à-tour ?
Que le fer aimanté qu'enferme la Bouſſole
Toujours ſi conſtamment ſe pointe vers le Pole ?
Non, ſans doute : la Mer n'obéit qu'à ſes loix.
Empire indépendant des Peuples & des Rois ;
Elle n'affecte point d'injuſte préférence.
Chacun flotte, à ſon gré, dans cet eſpace immenſe.
Comme le fier Breton, le ſage Américain,
Eſt admis, eſt porté, ſur ſon mobile ſein ;
Et ſervant à la fois l'un & l'autre Hémiſphère,
Pour l'uſage de tous, elle embraſſe la Terre.

T E L que le libre oiſeau, qui plane dans les airs,
Le Nautonier, en paix, doit ſillonner les Mers.
A l'aide de ſon art, fuit-il loin des rivages,
Le droit de le troubler n'appartient qu'aux orages.
Eh ! n'eſt-ce point aſſez qu'il brave leurs aſſauts ?
Quand les vents, les écueils, attendent ſes Vaiſſeaux,
Parmi tant d'ennemis qu'enfante ce Théâtre,
Faut-il que l'homme encor trouve l'homme à combattre !

FATALE ambition ! Quels font tes attentats !
Qu'au fein des Continens , les Peuples , les Etats ,
Se touchant de trop près , fe choquent par la guerre ,
Jaloux de s'arracher quelques lambeaux de terre ;
Je conçois , je l'avoue , un tel acharnement :
Mais qu'ils l'ofent porter fur l'humide Elément ;
Qu'au milieu de la Mer , leurs Flottes égarées ,
Dans fon immenfité , fe trouvent refferrées ;
Que des Navigateurs , devenus des Brigands ,
Se cherchent , pleins de rage , à travers les Autans ;
S'élancent l'un fur l'autre , au moment qu'ils fe voyent ,
Par cent bouches de feu , s'attaquent , fe foudroyent ;
Couvrent de leurs débris les flots enfanglantés ,
Qui , pour les dévorer , s'ouvrent épouvantés ;
Un tel excès d'horreur me confond & m'accable :
Même , en le retraçant , je crains d'être coupable ;
Comme , fi par ces traits , mon finiftre pinceau
Des Humaines fureurs eût chargé le tableau.

MAIS , que dis-je ? Et quel fort déformais eft le nôtre !
Nos crimes , nos combats , s'enchaînent l'un à l'autre :
Et tels font les rapports de tant d'Etats divers
Que leur moindre fecouffe ébranle l'Univers.

Le feu s'allume-t-il dans un coin des deux Mondes ?

Bientôt l'embrâſement éclate ſur les ondes.

Il y ſemble excité par le ſouffle des vents ,

Qui le rejette encor vers les deux Continens.

Ainſi , l'homme par-tout ſignale ſa furie.

Le plus beau monument de ſa rare induſtrie ,

L'art de franchir des Mers l'abîme redouté ,

Afflige , en l'honorant , la triſte Humanité ;

Et laiſſe à décider , pour problême funeſte ,

S'il part de la faveur , ou du courroux céleſte.

Toutefois , d'un tel art , ſans cet abus affreux ,

Nous pouvions recueillir les fruits les plus heureux.

Je n'examine point ſi la ſage Nature

Bornoit l'homme aux ſeuls biens que ſon ſol lui procure ;

Et s'il lui fut permis d'aller chercher au loin

De factices tréſors , dont il n'a pas beſoin.

Vainement voudroit-il retourner en arriere :

Sans doute , il n'eſt plus tems. Lancé dans la carriere ,

Quel frein arrêteroit l'avide Européan ?

Mais , puiſqu'il a dompté les flots de l'Océan ,

Puiſqu'au gré de ſes vœux , d'intrépides Pilotes ,

Partout ſon vaſte ſein , ſavent guider nos Flottes ,

Et dépouillant pour nous tous les climats connus ,
Jufqu'au fond de nos Ports , amenent leurs tributs ;
Tirons de cette audace un effet falutaire ;
Faifons fervir ce luxe au repos de la Terre.
Oui , graces à vos foins , hardis Navigateurs ,
Vous pouvez être encor nos plus grands bienfaiteurs.
Le monde attend de vous la paix univerfelle.
Votre art , en lui donnant une face nouvelle ,
Rapproche tous les lieux , unit tous les Humains ,
Des bouts de l'Univers ils fe prêtent les mains.
Vous tenez la balance entre les Hémifphères.
De cent Peuples épars , rapides Emiffaires ,
Vous formez , fur les eaux , vous ferrez le lien ;
Tout eft frere par vous , tout eft concitoyen.

MAIS voulons-nous fixer cet heureux équilibre ;
De Neptune à jamais que l'Empire foit libre.
Qu'aucun Peuple , jaloux d'un fort indépendant ,
N'aille , avec arrogance , y faifir le Trident.
Aux droits des Nations ce feroit faire outrage ;
Ce feroit envahir leur commun héritage.
Le Ciel , en le formant , fembla nous le céder ;
Plutôt , pour en jouir , que pour le poffeder.

Otez la liberté de ce Domaine immenſe,
Bientôt vous y verrez triompher la licence.
La diſcorde y naiſſant de la rivalité,
Ce n'eſt plus qu'un théâtre, affreux & dévaſté,
Un champ, où nos fureurs, à s'armer toujours prêtes,
Vont porter les combats, au milieu des tempêtes.
Le commerce effrayé languit dans tous les Ports;
L'Amérique, l'Indus, retiennent leurs tréſors;
Et la Nature, envain épuiſant ſes largeſſes,
Ne voit plus circuler ſes oiſives richeſſes.
A l'Empire des flots rendez la liberté,
Vous lui rendez la paix, l'ordre, la ſûreté.
La liberté propice à tout donne la vie.
Du Monde politique elle fait l'harmonie.
Elle affranchit la Terre, en regnant ſur les Mers;
Et ſa ſève féconde anime l'Univers.

Aprè s tant de malheurs, mêlés de tant de crimes,
Je vois l'Europe enfin adopter ces maximes.
De cette liberté tout a ſenti le prix;
Tout, s'armant de concert, la demande à grands cris.
D'une Neutralité, formidable & publique,
L'Etendart déployé flotte dans la Baltique.

Le Midi l'apperçoit, & d'un commun accord,
Se rallie au signal que lui donne le Nord.
Eh ! qui n'applaudiroit à cet heureux système,
Quand Louis s'est hâté d'y souscrire lui-même ?
Louis, qui jeune encor, sait se rendre à la fois,
Et l'amour de son Peuple, & l'exemple des Rois.
Son cœur, en embrassant une cause si belle,
Ne la distingue point de sa propre querelle.
Il veut la liberté de tous les Potentats ;
Il la veut sur les Mers, comme dans ses Etats.
Peuples Navigateurs, secondez son envie,
Repoussez, confondez l'inique Tyrannie ;
Qui, livrant votre Empire à ses fougueux complots,
Vous y troubleroit plus que les vents & les flots.

Et toi, fiere Albion, qu'enivra ta fortune ;
Toi, qui seule usurpant tous les droits de Neptune,
Seule, au vœu général, oses te refuser ;
Ah ! sans doute, il est tems de te désabuser.
Je ne suis point injuste ; & je sais rendre hommage
Aux efforts inouis de ton mâle courage.
J'admire ton génie, & même tes vertus ;
Mais, en les admirant, j'en déplore l'abus.

Quelle étoit cette altiere & coupable entreprife
De foumettre les Mers aux loix de la Tamife ?
D'un œil moins prévenu contemple tes excès ,
Et prévois tes périls , jufques dans tes fuccès *.
Quel efpoir eft le tien ? L'Europe te menace ;
L'Inde cherche à brifer un joug dont elle eft laffe ;
L'Amérique indignée eft près de t'échapper ;
Mille bras ennemis font levés pour frapper.
Tu fignales contr'eux un courage inutile ;
Coloffe chancelant fur fa bafe mobile ,
Ces flots , ces mêmes flots , où tu crus dominer ,
D'orages & d'écueils femblent t'environner.

C ROI s-moi , n'affecte plus un pouvoir defpotique.
Abandonne des Mers le fceptre chimérique ;
Et là , d'un titre vain ceffant de te parer ,
Souffre une égalité , dont tu peux t'honorer.
Sur-tout , du fier Romain ne tiens plus le langage.
Infenfée ! Eft-ce à toi de parler de Carthage ?
Quand l'Ennemi puiffant que tu veux accabler ,
Sur ton propre deftin , t'a déjà fait trembler.

* Depuis près d'un an que cet Ouvrage eft compofé , les chofes ont changé
de face. On ne parleroit pas aujourd'hui , comme on a fait alors , des
fuccès de l'Angleterre.

Le Midi l'apperçoit, & d'un commun accord,
Se rallie au signal que lui donne le Nord.
Eh ! qui n'applaudiroit à cet heureux fystême,
Quand Louis s'eft hâté d'y foufcrire lui-même ?
Louis, qui jeune encor, fait fe rendre à la fois,
Et l'amour de fon Peuple, & l'exemple des Rois.
Son cœur, en embraffant une caufe fi belle,
Ne la diftingue point de fa propre querelle.
Il veut la liberté de tous les Potentats ;
Il la veut fur les Mers, comme dans fes Etats.
Peuples Navigateurs, fecondez fon envie,
Repouffez, confondez l'inique Tyrannie ;
Qui, livrant votre Empire à fes fougueux complots,
Vous y troubleroit plus que les vents & les flots.

Et toi, fiere Albion, qu'enivra ta fortune ;
Toi, qui feule ufurpant tous les droits de Neptune,
Seule, au vœu général, ofes te refufer ;
Ah ! fans doute, il eft tems de te défabufer.
Je ne fuis point injufte ; & je fais rendre hommage
Aux efforts inouis de ton mâle courage.
J'admire ton génie, & même tes vertus ;
Mais, en les admirant, j'en déplore l'abus.

(11)

Quelle étoit cette altiere & coupable entreprife
De foumettre les Mers aux loix de la Tamife ?
D'un œil moins prévenu contemple tes excès ,
Et prévois tes périls , jufques dans tes fuccès *.
Quel efpoir eft le tien ? L'Europe te menace ;
L'Inde cherche à brifer un joug dont elle eft laffe ;
L'Amérique indignée eft près de t'échapper ;
Mille bras ennemis font levés pour frapper.
Tu fignales contr'eux un courage inutile ;
Coloffe chancelant fur fa bafe mobile ,
Ces flots , ces mêmes flots , où tu crus dominer ,
D'orages & d'écueils femblent t'environner.

CROIS-moi , n'affecte plus un pouvoir defpotique.
Abandonne des Mers le fceptre chimérique ;
Et là , d'un titre vain ceffant de te parer ,
Souffre une égalité , dont tu peux t'honorer.
Sur-tout , du fier Romain ne tiens plus le langage.
Infenfée ! Eft-ce à toi de parler de Carthage ?
Quand l'Ennemi puiffant que tu veux accabler ,
Sur ton propre deftin , t'a déjà fait trembler.

* Depuis près d'un an que cet Ouvrage eft compofé , les chofes ont changé de face. On ne parleroit pas aujourd'hui , comme on a fait alors , des fuccès de l'Angleterre.

Eh quoi ! ne vois-tu point fes Flottes renaiffantes
Couvrir, de toutes parts, les ondes blanchiffantes ?
Y chercher, y pourfuivre, y braver tes Vaiffeaux,
Et balancer au moins ton pouvoir fur les eaux ?

A H ! fi tu ne peux vaincre une haine immortelle ;
S'il faut éternifer notre antique querelle ;
Ne peut-elle éclater que fur de tels fujets ?
Non, non ; choififfons-lui de plus dignes objets.
Emules généreux, combattons d'induftrie,
De zele pour les Arts, d'amour pour la Patrie.
C'eft troubler trop long-tems la paix de l'Univers.
Ses vrais perturbateurs font les Tyrans des Mers ;
Eh bien, n'y fouffrons plus leur fureur vagabonde ;
Brifons les fers tendus de l'un à l'autre Monde ;
Que là, nos Pavillons, tous libres, tous égaux,
Sans fe croire ennemis, fachant être rivaux,
Reconnoiffent qu'enfin nul d'eux, fur cet Empire,
N'a de loix à fubir, ni de loix à prefcrire.

F I N.

Lu & approuvé, ce 13 Mars 1782.
DE SAUVIGNY.
Vu l'Approbation, permis d'imprimer le 15 Mars 1782.
LENOIR.

www.ingramcontent.com/pod-product-compliance
Lightning Source LLC
Chambersburg PA
CBHW061427170626
46811CB00005B/2169

* 9 7 8 2 0 1 1 3 0 4 6 8 1 *